© 2024 AVA STRANGER
Édition : BoD - Books on Demand, info@bod.fr
Impression : BoD – Books on Demand,
In de Tarpen 42, Norderstedt (Allemagne)
Impression à la demande
ISBN : 9782322536641
Dépôt légal : Avril 2024

Échos de Mystères

La Quête de Justice d'Ava

Résumé :

Ava, artiste traumatisée par la libération de criminels, voit sa vie basculer avec le meurtre de ses parents. Vend son Coffee-Show, elle s'engage dans une quête de justice. Les liens entre les cambrioleurs, son passé et la mystérieuse "The Jokeuse" émergent. Malgré son arrestation, ses amies poursuivent l'enquête, formant un pacte pour protéger les femmes contre les violences, transformant leur douleur en mission. Une atmosphère captivante de secrets et de justice se dévoile

Échos de Mystères

La Quête de Justice d'Ava

Jokeuse

Ava est née sans prénom, car ses parents voulaient qu'elle choisisse le sien. Lorsque Ava commence à parler, ses parents lui demandent quel prénom elle souhaite. Ava pose la question à son père, Max Hart, et à sa mère, Julia Stranger, et sa grand-mère s'appelle Ava.

Elle décide de s'appeler Ava Stranger Hart, et ses parents acceptent son choix, c'est ainsi qu'Ava choisit son nom à l'âge de 3 ans. En grandissant, Ava révèle un caractère fort et un talent remarquable, toujours en tête de sa classe, nécessitant même des sauts de classes en raison de son intelligence.
Passionnée par la moto à 15 ans, elle participe à des compétitions.

Ava déteste les hommes maltraitant les femmes, et malgré sa brillance, elle a une série de déceptions amoureuses, se faisant larguer à chaque Saint Valentin.

À l'adolescence, Ava et Lisa, lassées par les déceptions amoureuses vécues lors des Saint-Valentin passées, décidèrent d'instaurer une tradition personnelle. Elles se promirent mutuellement de marquer cette journée de manière spéciale, dédiée à l'amitié et à l'estime de soi.

En espérant que l'année suivante, à leurs 17 ans, apporterait un changement positif, elles organisèrent le lendemain de la Saint-Valentin une soirée inoubliable, entourées d'amis proches et de moments joyeux.

Ava et Lisa transformèrent ainsi une journée jadis marquée par les déceptions en une célébration de la solidarité et du soutien amical. Leur résolution à ne pas laisser les revers amoureux dicter leur bonheur les fortifia davantage.

Lors de leur dix-septième anniversaire, Lisa et Ava, avec une pointe d'ironie, choisirent d'inviter leurs meilleurs amis, dont Émilie, pour une célébration inoubliable. Le trio, une fois de plus, partagea le même sort de ruptures les jours de la Saint-Valentin.

Conscientes de la récurrence de ces déceptions, Lisa et Ava décidèrent d'appréhender l'année suivante avec un optimisme renouvelé, espérant que leurs dix-huit ans marqueraient un tournant dans leurs vies sentimentales.

La perspective d'un changement positif les inspira à redéfinir leur approche de l'amour et de l'amitié, renforçant ainsi leurs liens et créant des souvenirs résilients.
À l'aube de leurs dix-huit ans, Lisa, Émilie, et Ava, confrontées à une fois de plus à des ruptures le jour de la Saint-Valentin, décidèrent de créer un pacte d'amitié.

Ensemble, elles se promirent de faire face à ces déceptions avec résilience et de transformer cette tradition malheureuse en une occasion de renforcer leur amitié.

À l'approche de leurs dix-neuf ans, les trois amis gardaient l'espoir d'un changement. Leur pacte les avait liés de manière indéfectible, et l'idée de célébrer une nouvelle année d'existence avec une perspective différente les motivait.

En dépit des déceptions passées, Lisa, Ava, et Émilie abordaient l'avenir avec une détermination renouvelée, prêtes à changer le cours de leur histoire sentimentale.

Devenant membres d'un club de moto passionné rassemblant douze personnes, Lisa, Émilie et Ava avaient établi un équilibre harmonieux au sein de cette fraternité distinctive.

Cependant, Ava, ayant déjà tenté des relations avec quatre hommes du groupe par le passé, sans succès, espère maintenant explorer des liens avec les cinq autres membres, chacun leur tour.

Son espoir est de trouver le bonheur, envisageant ainsi une nouvelle approche pour transcender les échecs antérieurs et écrire de nouveaux chapitres dans sa vie sentimentale.

Déterminées à protéger leur amitié précieuse, Lisa, Émilie, et Ava naviguaient avec prudence dans leurs relations au sein du club de moto.

Chaque année, Ava, malgré ses tentatives de trouver le bonheur parmi les membres restants, découvrait que la véritable richesse résidait dans le maintien de leur amitié solide, au-delà des vicissitudes romantiques.

À l'approche de leurs vingt et un ans, le trio s'engageait à protéger cette union indéfectible.

Unissant leurs forces pour surmonter les déceptions passées, Lisa, Émilie, et Ava forgeaient un pacte secret pour préserver leur amitié, conscientes que cette connexion profonde était le pilier essentiel de leur bonheur.

Dans l'ombre des caprices du destin sentimental, elles se promettaient mutuellement de protéger la pérennité de leur amitié, prêtes à affronter ensemble les défis de l'avenir.

Face aux déceptions récurrentes, Ava, une jeune femme déterminée qui n'apprécie pas de se laisser faire, a choisi de prendre les choses en main. À l'âge de 21 ans, après avoir été larguée le jour de la Saint-Valentin, elle a décidé de se venger en apprenant la boxe thaï. À 22 ans, une nouvelle rupture le même jour l'a incitée à explorer le kung-fu. À l'occasion de son 23e anniversaire, elle a promis de ne plus célébrer la Saint-Valentin en cas de nouvelle déception amoureuse.

Malheureusement, le destin n'a pas été clément, et le jour de ses 23 ans, Ava a subi une nouvelle déception amoureuse le jour de la Saint-Valentin. Néanmoins, Ava, Lisa, et Émilie aspiraient tous au grand bonheur et à des demandes en mariage pendant cette journée spéciale, mais la réalité fut bien différente.

Les trois amis ont été confrontés à des surprises désagréables à la Saint-Valentin.

Unis par une profonde amitié, Ava, Lisa, et Émilie ont fait la promesse de protéger toutes les femmes du monde contre la violence et l'agression. Ensemble, elles se sont engagées à contribuer à un monde où chaque femme peut vivre libre de toute crainte.

Ava, la fille unique de Max, policier dévoué, et Julia, directrice artistique chez Agency Facas Beauty, avait grandi dans un foyer mêlant l'ordre de la loi et l'effervescence artistique. Sa mère organisait des spectacles et des défilés de mode, tandis que son père travaillait dans les enquêtes criminelles.

Inspirée par ses deux parents, Ava nourrissait des rêves passionnés. Elle aspirait à ressembler à sa mère en s'impliquant dans l'événementiel, organisant soirées et défilés de mode.

En parallèle, son désir de suivre les traces de son père la poussait à vouloir aider dans les enquêtes policières. Passionnée de romans policiers, elle passait des heures à lire et à s'informer sur le domaine.

Alors qu'elle cherchait à concilier ses deux aspirations, Ava se lançait dans une aventure où l'élégance de la mode se mêlait à la rigueur des enquêtes criminelles. Son parcours promettait d'être unique, fusionnant les mondes fascinants de l'événementiel et de la justice.

Ava, malheureusement, avait toujours vécu des moments douloureux le jour de la Saint-Valentin, subissant des ruptures et des trahisons qui brisaient son cœur à chaque fois.
La perspective de cette journée suscitait en elle une appréhension particulière, teintée de souvenirs amers.

Pourtant, malgré ces épreuves, Ava avait une passion vive pour les super-héros. Elle aspirait à ressembler à l'un de ses personnages préférés, la jokeuse. Inspirée par la dualité de ce personnage, elle trouvait dans cet univers une force et une énergie qui l'aidaient à surmonter les déceptions sentimentales récurrentes.

Ava se lançait ainsi dans un chemin où son amour pour les super-héros devenait un refuge, une source de résilience face aux tourments de la Saint-Valentin.

Dans cet équilibre entre sa passion pour les justiciers masqués et la réalité parfois cruelle des relations amoureuses, Ava explorait les facettes multiples de sa personnalité, prête à affronter le futur avec une détermination renforcée.

À l'âge de 24 ans, Ava, décidée à créer son propre univers, entreprenait l'aventure de l'entrepreneuriat en ouvrant sa propre Coffee-Show. Son concept innovant invitait les gens à savourer leur café tout en appréciant un spectacle en direct, mélangeant l'arôme du café avec l'excitation de l'expérience artistique.

Le Coffee-Show d'Ava devenait rapidement un lieu de rendez-vous incontournable, offrant une atmosphère chaleureuse où l'on pouvait déguster une tasse de café tout en se laissant emporter par des performances artistiques variées.

Ce nouvel espace créatif reflétait l'esprit audacieux et passionné d'Ava, combinant son amour pour l'événementiel, les super-héros et désormais, la culture café.

En explorant ce nouveau chapitre de sa vie, Ava trouvait dans son Coffee-Show non seulement une entreprise florissante, mais aussi un moyen de réinventer la Saint-Valentin, en créant un lieu où les gens pouvaient partager des moments joyeux et inspirants.
Tout a commencé lorsque Ava a ouvert son Coffee-Show, un jeudi. Sa journée débutait par la préparation d'une réunion avec son équipe avant d'entamer son travail. Comme d'habitude, la salle était toujours remplie de clients qui étaient également les spectateurs du Coffee-

Show. Parfois, l'affluence était telle qu'il fallait réserver sa place pour assister aux spectacles. Ava nourrissait un rêve secret de monter elle-même sur scène.

Un soir, après la fermeture, elle décida de réaliser son rêve. Personne ne remarqua que c'était Ava; elle avait métamorphosé son apparence en se déguisant comme son super-héros préféré, The Jokeuse.

Le public, fasciné par cette nouvelle venue mystérieuse, fut agréablement surpris de découvrir que c'était Ava qui se cachait derrière le masque.

Son audace fut saluée, et Ava commença à se produire régulièrement sur scène, apportant une nouvelle dimension à son Coffee-Show. Sa double vie, en tant que créatrice d'événements et artiste masquée, ajoutait une touche spéciale à l'expérience unique qu'elle offrait à ses clients. Ainsi, Ava écrivait un nouveau chapitre, où son

Coffee-Show devenait le théâtre de ses propres aspirations et rêves épanouis.

Un mois après ces événements, Ava persistait à monter sur scène de manière anonyme, gardant son identité secrète sous le personnage de son super-héros, The Jokeuse. Elle souhaitait maintenir cette mystique autour de sa présence sur scène, évitant que les gens ne la découvrent réellement. Le succès de ses performances grandissait, tout le monde réclamait de la voir sur scène.

Un an après ce succès, juste avant ses 25 ans, Ava, sous le masque de The Jokeuse, était à nouveau sur scène lors d'une soirée de la Saint-Valentin

Détestant cette journée, elle avait choisi de la déjouer en se consacrant à sa passion sur scène. Alors qu'elle jouait son spectacle habituel, un groupe de voyous pénétra dans le Coffee-Show, agressant le public.

Fort heureusement, la sécurité présente put intervenir et appeler la police. À l'arrivée de la police, l'incident fut maîtrisé. Ava, sous le couvert de The Jokeuse, avait non seulement déjoué la Saint-Valentin, mais elle avait également utilisé son personnage pour assurer la sécurité de son public.

Cette nuit-là, elle avait prouvé que parfois, même dans l'anonymat, un super-héros peut veiller sur ceux qui en ont besoin.

Lorsque la police arriva, le public donna des déclarations qui permirent d'identifier les agresseurs, au nombre de neuf.

La police réussit à arrêter seulement quatre d'entre eux, les cinq autres ayant pris la fuite. Heureusement, les caméras de surveillance contribuèrent à l'identification des cinq agresseurs en fuite.

Cette expérience traumatisante marqua Ava, laissant une grande peur qui la rendit incapable de remonter sur scène.

Quelques jours plus tard, à proximité du Coffee-Show, deux filles furent agressées.
Ava, inquiète et effrayée, commença à craindre de sortir le soir, même pour se rendre au travail.

Quelques jours après, en vue de remplacer The Jokeuse sur scène, de nombreuses personnes souhaitaient la voir rejouer.

Cependant, Ava, préoccupée par sa sécurité, mentit à son public en annonçant que The Jokeuse ne pourrait plus se produire en raison de l'agression récente, précisant qu'elle ne voulait pas revenir jouer dans ces circonstances.

Le public, surpris par cette triste nouvelle, continua tout de même à assister aux spectacles malgré l'absence de The Jokeuse. L'absence du personnage masqué ne fit qu'accroître la demande, laissant un vide que même d'autres artistes sur scène ne pouvaient combler totalement.

Quelques jours plus tard, Ava découvrit que la police avait libéré les quatre voyous qu'elle avait identifiés. Cette information ne lui procurait aucun soulagement, ni au public, conscient que la justice suivait son cours. La nouvelle suscitait plutôt la peur chez Ava.

Malgré ces développements, Ava hésitait toujours à remonter sur scène.

Les récents événements avaient laissé des cicatrices profondes, et la jeune femme devait surmonter son traumatisme pour retrouver la confiance nécessaire à son retour dans le monde du spectacle.

Pendant ce temps, le public du Coffee-Show, bien que compréhensif, réclamait toujours The Jokeuse. L'absence du personnage mystérieux créait un vide palpable, laissant le spectacle incomplet.

Ava, confrontée à ses démons intérieurs, envisageait de revenir sur scène pour répondre à l'insistance de son public, tout en tentant de surmonter les ombres du passé qui la tourmentaient.

Un soir, Ava était l'invitée d'Émilie pour son anniversaire et avait prévu de passer la nuit chez elle.

Avec Lisa, elles réservaient une surprise à Émilie et ont passé une soirée mémorable. Le lendemain, en route, Ava essaya de contacter sa mère par téléphone sans succès. Ses appels à son père se heurtèrent également au répondeur.

En rentrant chez elle, Ava découvrit la porte grande ouverte et les vitres de la fenêtre brisées. Inquiète, elle appela la police, restant en ligne avec un policier.

Pendant qu'Ava explorait la maison, criant désespérément pour ses parents, la police lui conseilla de rester en sécurité et d'attendre les secours.

En entrant dans la chambre de ses parents, elle fit une découverte déchirante. Ses parents gisaient, les yeux grands ouverts, victimes d'un meurtre.

Les secours arrivèrent trop tard, plongeant Ava dans une détresse profonde. Leur foyer avait été brisé, et l'enquête sur cet acte horrible débutait, confrontant Ava à une sombre réalité.

La police est arrivée, commençant à emmener l'enquête pour découvrir qui était le coupable. Ava, traumatisée par la mort de ses parents, se trouvait sans force ni moral. Après l'enterrement de ses parents, elle prit une décision capitale.

Ava, cherchant un nouveau départ, vendit son Coffee-Show. Cependant, malgré son départ, elle fit la promesse de veiller sur la maison de ses parents jusqu'à la fin de l'enquête.

Entre douleur et détermination, Ava se lança dans une quête pour comprendre les circonstances mystérieuses de la tragédie familiale.

La police s'affairait à élucider les mystères entourant la mort des parents d'Ava. Dans l'ombre de cette tragédie, Ava, décidée à embrasser une nouvelle vie, une nouvelle aventure, s'éloigna de la scène du Coffee-Show qu'elle avait chèrement vendu.

Guidée par la promesse de veiller sur la maison familiale jusqu'à la fin de l'enquête, Ava entreprit un voyage introspectif. Elle se lança dans une quête personnelle de guérison, cherchant des réponses au sein de ses propres démons.

Dans cette période de transition, elle rencontra des alliés inattendus et découvrit des facettes inexplorées d'elle-même.

Au fil des semaines, elle se plongea dans des activités nouvelles, élargissant ses horizons. Renouant avec des passions oubliées, elle se découvrit une force intérieure insoupçonnée.

Elle tissa des liens avec des personnes partageant son désir de justice pour ses parents, s'embarquant ainsi dans une collaboration improbable pour faire émerger la vérité.

Ava, déterminée à surmonter son chagrin, se réinventa à travers cette nouvelle vie. Elle devint le fil conducteur entre les fragments du passé et les espoirs d'un avenir à reconstruire.

Elle était prête à affronter les défis, à découvrir la vérité derrière le voile de l'enquête, et à s'ouvrir à une nouvelle vie pleine de promesses.

L'inspecteur Ben Shadow, chargé de l'enquête, sollicita Ava pour une description détaillée de tout ce qui avait été dérobé. Alors que les éléments du passé d'Ava semblaient s'entremêler, elle se retrouva confrontée à un dilemme entre son désir de changement et la nécessité de plonger dans les détails du crime.

Ava, guidée par la détermination, entreprit la tâche de décrire méticuleusement chaque objet manquant.

Elle se retrouva ainsi plongée dans les souvenirs, déterrant des indices qui semblaient se dissimuler derrière des objets apparemment sans importance.
L'inspecteur Ben Shadow, observateur perspicace, recueillit ces informations avec attention, cherchant à élucider les motifs du crime.

À mesure que l'enquête avançait, Ava découvrit des ramifications insoupçonnées, des secrets familiaux enfouis et des connexions inattendues. L'équipe formée avec l'inspecteur Ben Shadow se révéla être une alliance forte et nécessaire pour dévoiler la vérité.

Dans cette quête de justice, Ava apprit à concilier son besoin de renouveau avec la nécessité de faire face au passé.

Ainsi, la nouvelle vie d'Ava se transforma en un parcours d'introspection, de résilience et de révélations. Elle resta déterminée à surmonter les épreuves, à redéfinir son existence tout en contribuant à la résolution de l'enquête complexe qui avait ébranlé sa vie.

Alors que l'inspecteur Ben Shadow approfondissait son enquête, des doutes émergeaient dans son esprit. Les indices semblaient se dérober sous ses doigts, laissant planer l'ombre du mystère. Face à l'incertitude, il se tourna vers Ava, l'interrogeant sur les détails les plus infimes.

Ava, tiraillée entre son désir de nouvelle vie et son engagement envers la vérité, répondit avec sincérité aux questions de l'inspecteur. Cependant, un voisin, jusqu'alors négligé, attira soudainement l'attention.

Son comportement étrange et ses mouvements discrets suscitèrent des soupçons.

L'inspecteur Ben Shadow, poussé par son instinct, décida de fouiller dans le passé du voisin, révélant des éléments inattendus.

Des liens avec le passé d'Ava commencèrent à émerger, jetant une nouvelle lumière sur les événements tragiques.
Le voisin, autrefois perçu comme un simple spectateur, se trouva au centre d'un réseau complexe de secrets.

Ava, confrontée à ces révélations, se retrouva à la croisée des chemins entre la quête de la vérité et la volonté de tourner la page.

L'inspecteur Ben Shadow, bien que persistant dans sa mission, devait démêler les fils d'une histoire complexe où les masques tombaient un à un. Dans cette atmosphère de suspense, la nouvelle vie d'Ava se transforma en un écheveau de défis et de découvertes, prête à révéler des vérités qui allaient bien au-delà de ses propres blessures.

Alors que les doutes persistaient dans l'enquête de l'inspecteur Ben Shadow, une mystérieuse figure nommée "TJ" entra en scène.

Dotée d'une intuition aiguisée et d'une réputation pour démêler les énigmes les plus complexes, elle prit l'initiative d'emmener l'enquête à un niveau supérieur.

"TJ", une silhouette insaisissable, décida de retourner à la maison des parents d'Ava pour rechercher des indices.

Son entrée était discrète, ses mouvements empreints d'une grâce mystérieuse. Elle scruta minutieusement chaque recoin, décelant des détails que d'autres auraient pu négliger.

Pendant ce temps, l'inspecteur Ben Shadow aperçut de la lumière dans la maison d'Ava, pensant que c'était elle.

Il s'approcha prudemment pour identifier la personne présente. Sans le savoir, son téléphone sonna, alertant TJ qui se hâta de quitter les lieux sur sa moto imposante.

L'inspecteur Ben Shadow, pénétrant dans la maison, découvrit une carte de visite soigneusement posée sur la table, portant la signature "TJ".

Les mystères s'épaississaient, laissant entrevoir une collaboration inattendue entre les protagonistes de cette intrigue complexe.

Alors que l'inspecteur Ben Shadow poursuivait ses investigations, il découvrit un indice crucial : un corps humain lié aux cambrioleurs. L'énigme prenait une nouvelle dimension, jetant une lumière inattendue sur les motivations derrière le cambriolage.

L'inspecteur Ben Shadow avait déjà identifié les neuf cambrioleurs, mais la mort mystérieuse de l'un d'entre eux laissait place à une série de questions troublantes.

Les regards se tournèrent vers les huit cambrioleurs restants, chacun devenant un suspect potentiel dans cette affaire complexe.

Déterminé à découvrir la vérité, l'inspecteur Ben Shadow se lança dans une enquête approfondie.

Les liens entre le cambriolage, le meurtre et les secrets du passé d'Ava semblaient s'entrelacer. Une tension palpable régnait alors que le mystère s'épaississait.

Dans cette atmosphère chargée d'incertitudes, Ava, "TJ", et l'inspecteur Ben Shadow unirent leurs forces pour déchiffrer les mystères. Chacun d'eux portait un fardeau, et la résolution de l'énigme dépendait de la collaboration entre ces individus aux passés entremêlés.

La question cruciale persistait : qui parmi les huit cambrioleurs restants était le coupable ? Les réponses étaient enfouies dans les méandres d'une intrigue où chaque indice découvert pouvait changer la donne.

La vérité attendait d'être dévoilée, et le trio improbable se préparait à affronter les révélations qui allaient éclairer les zones d'ombre de cette histoire complexe.

La tension montait alors que l'inspecteur Ben Shadow poursuivait son enquête, dévoilant des connexions inattendues. Un jour, la police annonça à Ava une révélation déconcertante : le cambrioleur de la maison de ses parents était le même individu qui l'avait agressée au Coffee-Show.

Le choc parcourut Ava alors que les pièces du puzzle commençaient à s'assembler. Les mystères de son passé semblaient converger vers un seul coupable, jetant une lumière crue sur les liens entre les événements traumatisants.

Face à cette révélation, Ava se retrouva partagée entre la colère et la détermination. Elle comprit que la clé de la résolution de cette affaire résidait dans la compréhension de ce cambrioleur en particulier. Avec l'appui de l'inspecteur Ben Shadow et l'aide de "TJ", ils s'attaquèrent ensemble à la vérité, confrontant le passé d'Ava de front.

Le trio improbable se lança dans une quête intense, démêlant les fils de l'histoire complexe qui les liait. Chaque indice, chaque détail découvert, les rapprochait davantage de la vérité, dévoilant les motivations du cambrioleur et les secrets enterrés depuis trop longtemps.

Ava, "TJ" et l'inspecteur Ben Shadow étaient prêts à affronter cette nouvelle révélation, unis par un désir commun de justice et de résolution.

La confrontation avec le coupable de ses deux traumatismes offrirait à Ava une opportunité de guérison, mais aussi d'affronter les démons qui hantaient son passé.

Tandis que l'inspecteur Ben Shadow, Ava et "TJ" approfondissaient leur enquête, cette dernière fit une découverte intrigante. "TJ" amena l'enquête à un niveau supérieur en mettant au jour une caméra de surveillance dans la rue, révélant des images capturées au moment du cambriolage et de l'agression au Coffee-Show.

Les images étaient troublantes, montrant le cambrioleur en action et révélant des détails qui échappaient jusqu'alors à leur attention. La collaboration entre Ava, "TJ" et l'inspecteur Ben Shadow prit une nouvelle dimension, chacun apportant son expertise pour analyser ces nouveaux éléments.

Face à l'écran, ils déchiffrèrent les mouvements du cambrioleur, ses habitudes et ses intentions. Des indices cruciaux surgirent, laissant entrevoir une stratégie élaborée derrière ces crimes. La rue devint le théâtre d'une investigation approfondie, révélant des secrets jusque-là dissimulés.

Le trio, guidé par la nouvelle perspective offerte par la caméra de surveillance, se rapprochait inexorablement de la vérité. Chaque détail capturé sur ces images représentait un pas de plus vers la résolution de l'énigme complexe qui hantait Ava et les autres protagonistes de cette histoire.

Ainsi, la rue se transforma en scène cruciale de l'enquête, où la technologie et la perspicacité humaine se mêlaient pour éclairer les zones d'ombre.

Une nouvelle phase de l'enquête débutait, offrant aux enquêteurs la possibilité de démêler les fils de cette intrigue complexe et de révéler la vérité qui avait longtemps échappé à leur compréhension.

Alors que l'enquête progressait, l'inspecteur Ben Shadow fit une découverte troublante. Il découvrit un corps portant la montre que Ava avait signalée comme volée lors du cambriolage de la maison de ses parents. Ce nouveau développement jetait une lumière crue sur les liens entre les différents éléments de l'affaire.
La montre, un élément clé de la liste des biens volés, devint soudain une pièce maîtresse du puzzle.

L'inspecteur Ben Shadow comprit que ce n'était pas simplement un cambrioleur isolé, mais plutôt une toile complexe de personnes et d'événements interconnectés.

Le trio formé par Ava, "TJ" et l'inspecteur Ben Shadow se trouva à un tournant décisif. La découverte du corps raviva le besoin de comprendre les motifs derrière ces crimes. Chaque indice trouvé les rapprochait de la vérité, mais également des zones d'ombre de l'intrigue.

Ava, confrontée à cette nouvelle révélation, se retrouva au cœur d'un mystère qui touchait non seulement à son passé, mais aussi à des tragédies plus profondes.

Le trio intensifia ses efforts pour remonter le fil du temps et percer les secrets qui entouraient cette affaire, déterminé à apporter la lumière là où les ténèbres avaient régné trop longtemps.

Alors que l'inspecteur Ben Shadow continuait à mener l'enquête, le mystère s'épaississait, laissant le trio sans réponse. Cependant, une révélation étonnante émergea : le corps découvert portait la montre que Ava avait signalée comme volée lors du cambriolage de la maison de ses parents.

L'identité de cette personne liée aux cambrioleurs, au cœur de cette toile complexe, ajoutait une nouvelle dimension à l'enquête. L'inspecteur Ben Shadow comprit que la clé de cette affaire résidait dans les liens entre les cambrioleurs et les tragédies qui les entouraient.

La mort mystérieuse de la deuxième personne parmi les neuf cambrioleurs laissait place à une série de questions troublantes.

Le duo de découvertes, la montre et le corps, évoquait des implications plus profondes, suggérant une connexion entre les crimes commis et les individus impliqués.
Guidés par ces nouvelles révélations, Ava, "TJ" et l'inspecteur Ben Shadow intensifièrent leurs efforts pour démêler cette trame complexe. Chaque indice découvert était une pièce du puzzle, les conduisant vers des réponses attendues depuis trop longtemps.

Le trio improbable se préparait à affronter une vérité complexe, mêlant le passé d'Ava, les cambrioleurs et les mystères entourant ces morts énigmatiques.

Dans cette atmosphère tendue, l'inspecteur Ben Shadow, animé par une détermination sans faille, s'apprêtait à révéler les secrets enfouis et à apporter la justice que cette histoire complexe méritait.

La découverte se poursuivit, et une nouvelle révélation émergea grâce à l'aide précieuse de TJ. L'inspecteur Ben Shadow fit une troublante découverte : un cadavre qui était lié au cambrioleur impliqué dans le vol à la maison des parents d'Ava. Cette nouvelle percée jetait une lumière crue sur les intrications complexes de cette affaire.

Le cadavre, associé aux cambrioleurs et aux tragédies familiales, intensifiait le mystère qui planait sur cette enquête.
Les implications étaient profondes, laissant entrevoir des connexions entre les criminels et les événements traumatisants qui avaient frappé la vie d'Ava.

Guidés par cette nouvelle découverte, Ava, TJ et l'inspecteur Ben Shadow plongèrent plus profondément dans l'histoire entrelacée de ces personnages. Les pièces du puzzle semblaient enfin prendre leur place, révélant une toile complexe de secrets, de vengeances et de tragédies.

La tension monta d'un cran alors que le trio se rapprochait inexorablement de la vérité ultime. Chaque cadavre découvert, chaque indice analysé, les conduisait à la résolution tant attendue de cette affaire complexe.

La découverte du lien entre le cadavre et les parents d'Ava ouvrait une nouvelle voie vers la justice, réaffirmant l'engagement de l'inspecteur Ben Shadow à démêler les fils de cette intrigue sombre.

Perplexe, l'inspecteur Ben Shadow trouva cela bizarre : neuf personnes cambriolent une maison, tuent une famille, puis disparaissent les unes après les autres.

La découverte de trois cadavres accentuait le mystère, incitant l'inspecteur à tenter de faire le lien avec les cinq hommes restants de la bande.

La question qui taraudait l'esprit de l'inspecteur Ben Shadow était évidente : pourquoi ces cambrioleurs, après avoir perpétré leur forfait, semblaient-ils être victimes d'une série de disparitions inexpliquées et maintenant de décès ?

Les cinq hommes restants étaient devenus le point focal de l'enquête. L'inspecteur Ben Shadow, avec l'aide de TJ, Ava et leur détermination commune, s'attaqua à cette énigme complexe.

Chaque indice découvert était scruté minutieusement dans l'espoir de trouver des liens entre les cambrioleurs, les tragédies familiales, et maintenant les disparitions et les morts mystérieuses.
Le trio improbable plongea plus profondément dans cette toile complexe de secrets et de vengeances, se rapprochant d'une vérité qui semblait échapper à toute logique.

L'inspecteur Ben Shadow, déterminé à résoudre cette affaire, savait que la clé résidait dans les cinq hommes encore en vie. Une nouvelle phase de l'enquête débutait, révélant des rebondissements inattendus et laissant présager une conclusion époustouflante.

TJ et l'inspecteur Ben Shadow, perplexes devant le mystère grandissant, unirent leurs forces pour élucider l'énigme qui entourait les cambrioleurs et les tragédies familiales.

La découverte de trois cadavres, tous liés au groupe, intensifiait leur détermination à faire la lumière sur ces événements troublants.

Les deux enquêteurs se plongèrent dans les antécédents des cinq hommes restants, cherchant des motifs, des connexions et des éléments qui pourraient expliquer la série de disparitions et de morts mystérieuses.
Chaque indice découvert était minutieusement examiné dans l'espoir de dénouer cette trame complexe.

TJ, dotée de son intuition aiguisée, apporta une perspective unique à l'enquête. Son approche méthodique combinée à l'expérience de l'inspecteur Ben Shadow ouvrait de nouvelles voies d'investigation.

Les deux se lancèrent dans une course contre le temps, cherchant à comprendre le schéma qui liait ces hommes à la tragédie familiale d'Ava.

Au fur et à mesure que l'enquête progressait, des secrets inattendus émergèrent, révélant des alliances surprenantes et des motivations dissimulées. Leur quête de vérité les conduisit à des révélations choquantes, dévoilant une toile de conspirations qui dépassait leurs attentes.

Ainsi, TJ et l'inspecteur Ben Shadow, alliés dans cette quête de justice, se rapprochaient inexorablement de la vérité ultime.

Chaque nouvelle découverte les conduisait plus près d'une conclusion qui, une fois révélée, éclairerait les zones sombres de cette histoire complexe et apporterait la justice tant attendue.

Alors que l'inspecteur Ben Shadow enquêtait sur les mystères entourant les cambrioleurs et les tragédies familiales, une piste inattendue émergea. Des éléments semblaient suggérer qu'Ava, loin d'être une victime, pourrait être impliquée d'une manière ou d'une autre dans ces crimes déconcertants.

L'inspecteur, malgré son lien avec Ava, se devait d'examiner toutes les possibilités. L'idée que la personne qu'il cherchait à protéger pouvait être responsable du crime ajoutait une dimension complexe à l'enquête. La loyauté envers son amie se confrontait à la nécessité impérieuse de découvrir la vérité.

Cette nouvelle direction de l'enquête plongea l'inspecteur Ben Shadow dans un dilemme personnel, mettant à l'épreuve sa capacité à rester objectif.

Ava, désormais sous le regard scrutateur de l'enquêteur, devint le centre d'une investigation délicate, où les liens d'amitié et la quête de justice s'entremêlaient de manière troublante.

Les indices recueillis pointaient dans différentes directions, mettant à l'épreuve la résilience de l'inspecteur Ben Shadow. TJ, toujours avec son flair inébranlable, offrit son soutien dans cette phase délicate de l'enquête.

Ensemble, ils devaient faire face à la possibilité que la vérité soit bien plus nuancée que ce qu'ils avaient imaginé, confrontant Ava à son propre passé et aux secrets qu'elle pourrait détenir.

Alors que l'inspecteur Ben Shadow était plongé dans l'enquête complexe, un appel inattendu le ramena sur le terrain de l'intrigue. Un nouveau cadavre avait été découvert, cette fois-ci sur un terrain de football. À sa consternation, il s'avéra que cet homme faisait partie du groupe de cambrioleurs, et les fils de l'intrigue semblaient se resserrer encore plus, liant ce crime au traumatisme vécu par les parents d'Ava.

L'inspecteur, se dirigeant vers la scène du crime, était conscient que cette découverte pouvait changer radicalement la donne. Les liens entre les cambrioleurs, l'agression des parents d'Ava et les morts mystérieuses devenaient de plus en plus apparents.

Les éléments de l'enquête semblaient converger vers une vérité complexe, plongeant l'inspecteur dans une quête implacable pour comprendre la nature de ces événements.

TJ, toujours à ses côtés, apporta son regard perspicace à cette nouvelle tournure des événements. Ensemble, ils analysèrent les indices sur le terrain de football, cherchant à déchiffrer le sens caché derrière cette découverte macabre.

La tension monta d'un cran alors que l'inspecteur Ben Shadow, confronté à une toile de mystères de plus en plus interconnectés, se préparait à affronter la vérité qui se profilait.
Chaque cadavre découvert ajoutait une couche supplémentaire à cette histoire complexe, éveillant la nécessité de relier tous les éléments pour révéler la véritable nature des crimes qui avaient marqué la vie d'Ava.

Pleine de détermination, TJ entreprit une mission cruciale dans le but de percer les mystères entourant les cinq cambrioleurs restants.

Avec une habileté remarquable, elle parvint à découvrir les lieux de résidence de chacun d'entre eux. Guidée par son instinct aiguisé, elle suivit un à un les cambrioleurs pour collecter des indices essentiels.

TJ, accompagnée de l'inspecteur Ben Shadow, avança méthodiquement dans cette quête, révélant peu à peu les zones d'ombre qui enveloppaient ces hommes mystérieux. Chaque adresse visitée dévoilait des éléments cruciaux, liant les cambrioleurs aux scènes de crime et aux tragédies familiales.

L'inspecteur Ben Shadow, aux côtés de TJ, analysa les indices récoltés, cherchant à comprendre les motifs et les connexions qui liaient ces hommes aux événements troublants.

La collaboration entre les deux enquêteurs s'intensifia, créant une synergie qui éclairait chaque étape de l'enquête.

Alors que TJ continuait à dévoiler les secrets enfouis dans les domiciles des cambrioleurs, l'inspecteur Ben Shadow savait que cette exploration méticuleuse les rapprochait inexorablement de la vérité ultime. Chaque adresse visitée, chaque indice collecté, les conduisait à une compréhension plus profonde des rouages complexes de cette histoire.

La confrontation avec les cambrioleurs dans leur propre environnement offrait une nouvelle perspective, mettant à jour des révélations susceptibles de bouleverser l'équilibre fragile de l'enquête.

L'inspecteur Ben Shadow, déjà engagé dans une enquête complexe, reçut un appel l'informant d'une nouvelle découverte macabre. Sur le lieu du crime, près des cimetières, un cadavre avait été trouvé. À son grand étonnement, cet homme décédé correspondait à l'un des cambrioleurs, ajoutant une nouvelle dimension à l'intrigue déjà complexe.

La scène lugubre à proximité des cimetières soulevait des questions troublantes. La connexion entre le cambrioleur retrouvé et les événements précédents s'élargissait, éveillant l'inquiétude de l'inspecteur Ben Shadow quant à la nature complexe de cette affaire.

Accompagné de TJ, toujours résolue à démêler ces mystères, l'inspecteur analysa les indices sur place, cherchant à comprendre les circonstances de ce nouveau décès. Chaque cadavre découvert ajoutait une couche de perplexité à cette histoire déjà riche en énigmes.

Les deux enquêteurs, face à cette nouvelle tournure des événements, intensifièrent leurs efforts pour déterminer les liens entre les cambrioleurs, les morts mystérieuses et les tragédies familiales.

La confrontation avec la réalité sinistre de la situation exigeait une réflexion approfondie, laissant présager des révélations cruciales et une résolution qui se profilait au fil des découvertes.

Alors que l'inspecteur Ben Shadow plongeait dans l'enquête, un nouveau mystère s'ajouta à l'intrigue. Ava, auparavant une partie essentielle de l'enquête, disparut soudainement, laissant l'inspecteur dans l'incertitude.

Toutes les tentatives pour la contacter se soldèrent par un silence inquiétant.

Cette disparition mystérieuse d'Ava ajouta une dimension personnelle à l'enquête de l'inspecteur Ben Shadow. Ses pensées étaient partagées entre la nécessité de résoudre les crimes qui avaient frappé la vie d'Ava et l'inquiétude croissante concernant son propre sort.

Accompagné de TJ, l'inspecteur intensifia ses efforts pour retrouver Ava. Leur enquête sur les cambrioleurs et les morts mystérieuses prenait désormais une nouvelle tournure, avec la recherche de la jeune femme en tant que priorité. Chaque indice, chaque piste suivie, était scruté avec une urgence renouvelée

Alors que l'inspecteur Ben Shadow et TJ se confrontaient à l'énigme grandissante de la disparition d'Ava, ils savaient que cette phase de l'enquête les mènerait à des révélations cruciales. Chaque élément de cette histoire complexe semblait s'entrelacer, créant une toile de mystères où la résolution d'une énigme pourrait éclairer les autres.

Intrigué par la disparition soudaine d'Ava, l'inspecteur Ben Shadow se trouva envahi par le doute.

Des questions inquiétantes tournaient dans son esprit alors qu'il explorait les méandres de cette affaire de plus en plus complexe. Les circonstances mystérieuses qui entouraient la jeune femme semblaient créer des ombres d'incertitude dans l'enquête.

Des interrogations surgirent concernant le rôle potentiel d'Ava dans cette histoire, remettant en question les alliances et les secrets qu'elle pourrait détenir.

L'inspecteur, partagé entre le devoir professionnel et les liens personnels, se retrouva confronté à un dilemme émotionnel et professionnel.

Accompagné de TJ, dont l'intuition demeurait inébranlable, l'inspecteur Ben Shadow se lança dans une quête pour percer le mystère de la disparition d'Ava. Chaque indice analysé, chaque avenue explorée, révélait des aspects troublants et contradictoires de l'histoire, laissant l'inspecteur avec un sentiment croissant de perplexité.

Alors que l'enquête progressait, l'inspecteur Ben Shadow se demandait si les réponses tant recherchées se trouvaient au cœur des mystères entourant Ava.

Ses doutes, mêlés à une détermination renouvelée, promettaient une suite pleine de rebondissements, où la vérité restait insaisissable, échappant à chaque tentative de la comprendre.

Le doute s'insinua profondément dans l'esprit de l'inspecteur Ben Shadow, suscitant une inquiétude nouvelle.

Une pensée perturbante émergea : et si Ava, au lieu d'être une victime, était la mystérieuse instigatrice des crimes qui avaient secoué leur enquête ? Un sentiment d'incertitude planait, teintant les liens personnels de l'inspecteur avec la jeune femme.

Des interrogations tourbillonnaient alors que l'inspecteur se demandait si Ava pouvait être impliquée d'une manière qu'il n'avait pas envisagée. Les doutes, bien que déchirants, étaient inévitables dans cette enquête complexe où chaque révélation semblait ouvrir de nouvelles perspectives.

Accompagné de TJ, l'inspecteur Ben Shadow se lança dans un délicat équilibre entre la quête de la vérité et la nécessité de comprendre la part sombre du passé d'Ava.

Leur enquête prit une tournure imprévisible, où la confiance envers une amie proche était mise à l'épreuve.

Dans cette atmosphère chargée de doutes, l'inspecteur Ben Shadow et TJ devaient naviguer avec précaution pour dévoiler la vérité derrière les crimes.

Chaque indice examiné, chaque témoignage analysé, les rapprochait d'une conclusion qui, bien que troublante, était cruciale pour démêler les intrications de cette histoire complexe.

Confronté par le poids des doutes, l'inspecteur Ben Shadow prit une décision difficile.

Craignant la possibilité que Ava ait été impliquée dans les crimes qui avaient ébranlé leur enquête, il décida d'agir en conséquence. L'inspecteur, fidèle à son devoir, prit la décision déchirante d'arrêter Ava.

L'arrestation d'Ava créa une onde de choc dans leur cercle d'enquête. La confiance ébranlée et les liens personnels en lambeaux, l'inspecteur Ben Shadow dut affronter le tumulte émotionnel tout en continuant à démêler les fils de cette histoire complexe.

Accompagné de TJ, l'inspecteur se lança dans une phase cruciale de l'enquête, où la vérité et la justice semblaient se dérober.

Chaque interrogation, chaque pièce de l'énigme, devait être minutieusement examinée pour comprendre le rôle réel d'Ava dans cette histoire tragique.

Alors que l'inspecteur Ben Shadow accomplissait son devoir avec une lourdeur dans le cœur, l'avenir de l'enquête demeurait incertain.

La résolution de cette affaire complexe reposait désormais sur la capacité de l'inspecteur et de TJ à dévoiler la vérité, même si cela signifiait remettre en question les fondations mêmes de leur compréhension de l'affaire.

Alors que l'inspecteur Ben Shadow naviguait à travers les méandres complexes de l'enquête, une nouvelle découverte plongea l'affaire dans une obscurité encore plus profonde.

Sur le lieu d'une scène sinistre, au cœur de la forêt, un nouveau cadavre fut trouvé. Étonnamment, cet homme décédé correspondait à l'un des cambrioleurs, ajoutant un nouveau chapitre à cette histoire déjà empreinte de mystère.

L'inspecteur, confronté à cette réalité troublante, ressentit le poids croissant de l'incertitude. Les implications de cette découverte remettaient en question les certitudes établies, ajoutant une nouvelle couche de complexité à une enquête déjà délicate.

Accompagné de TJ, l'inspecteur Ben Shadow examina méticuleusement les indices sur la scène, cherchant à comprendre les circonstances entourant cette nouvelle mort. La connexion entre Ava, les cambrioleurs, et maintenant ce corps découvert dans la forêt, se tissait dans une toile de mystères interconnectés.

La tension monta d'un cran alors que l'enquête se transformait en une course contre la montre pour comprendre le lien entre ces éléments apparemment disparates.

L'inspecteur Ben Shadow, secoué par les révélations successives, se préparait à affronter la vérité ultime qui se cachait derrière ces événements tragiques et mystérieux.

Déterminée à percer le voile de mystère qui entourait les cambrioleurs, TJ persistait dans sa mission de suivre les trois hommes restants. Avec une persévérance inébranlable, elle traça discrètement leur parcours, cherchant à comprendre leurs liens avec les crimes qui avaient bouleversé la vie d'Ava.

TJ, accompagnée de l'inspecteur Ben Shadow, déploya son flair infaillible pour anticiper les mouvements des cambrioleurs.

Chaque pas était calculé, chaque observation minutieuse visait à dévoiler les secrets que ces hommes détenaient.

Pendant ce temps, l'inspecteur Ben Shadow, malgré les récentes découvertes déconcertantes, restait déterminé à découvrir la vérité.

La collaboration entre TJ et lui-même se renforçait alors qu'ils tentaient de démêler les connexions complexes qui liaient les cambrioleurs aux tragédies familiales.

Alors que TJ continuait à suivre les trois hommes, l'enquête prenait une nouvelle dimension.

Les réponses tant attendues semblaient se profiler à l'horizon, mais avec chaque révélation, de nouveaux mystères surgissaient.

Le duo improbable se lançait dans une quête persistante pour révéler la vérité cachée derrière ces actes criminels, où chaque pas les rapprochait inexorablement d'une conclusion éclairante.

Alors que l'inspecteur Ben Shadow et TJ poursuivaient leur enquête sur les trois cambrioleurs restants, une nouvelle révélation frappa comme un coup de tonnerre.

Au cœur de la maison d'un des cambrioleurs, un autre cadavre fut découvert. Cet homme, lié au groupe, gisait dans une scène macabre, ajoutant un nouveau chapitre sombre à l'histoire en cours.

L'inspecteur Ben Shadow, troublé par cette découverte, observa avec une attention méticuleuse les environs. La surprise ne s'arrêta pas là. Parmi les objets volés, certains étaient ceux qui avaient été dérobés dans la maison des parents d'Ava.

Cette troublante connexion jetait une lumière crue sur la manière dont les cambrioleurs étaient intrinsèquement liés aux tragédies familiales d'Ava.

La tension monta d'un cran alors que l'inspecteur, avec le soutien de TJ, s'efforçait de comprendre les implications de cette nouvelle découverte.

Chaque indice collecté, chaque pièce du puzzle, les rapprochait inexorablement de la vérité cachée derrière ces crimes enchevêtrés. L'ombre de l'inconnu planait encore, mais le duo déterminé se préparait à faire face à la réalité brutale qui se dessinait à l'horizon.

Confronté à l'émergence de nouveaux crimes pendant la détention d'Ava, l'inspecteur Ben Shadow réalisa l'erreur potentielle de son arrestation. Pris entre le devoir et la justice, il prit la décision difficile de relâcher Ava, reconnaissant qu'elle ne pouvait être responsable des actes commis pendant sa période d'incarcération.

Lisa, Émilie, et Ava, toutes trois libérées des contraintes légales, se retrouvèrent réunies, partageant un mélange d'émotions entre soulagement et appréhension.

L'énigme persistante des crimes et des cambriolages laissait le trio avec une quête inachevée, les liens familiaux et d'amitié étant leur ancre dans cette tempête d'incertitude.

L'inspecteur Ben Shadow, conscient des enjeux croissants, collabora étroitement avec Lisa, Émilie, et Ava. Ensemble, ils tentèrent de comprendre le schéma des crimes et d'identifier la force obscure qui continuait à agir dans l'ombre.

Alors que le quatuor se préparait à affronter de nouveaux défis, ils savaient que la résolution de cette affaire complexe exigerait une collaboration sans faille et une perspicacité exceptionnelle. La vérité demeurait insaisissable, mais l'espoir de la révélation finale les guidait dans cette enquête fascinante.

Alors que l'enquête se complexifiait, l'inspecteur Ben Shadow découvrit un revirement inattendu. La police, agissant de manière énigmatique, semblait tout faire pour protéger les deux hommes restants du groupe de cambrioleurs. Cette révélation jetait une ombre de suspicion sur les motivations de certaines forces en jeu.

Face à ce nouveau défi, l'inspecteur Ben Shadow, Lisa, Émilie, et Ava se retrouvèrent confrontés à des obstacles encore plus redoutables.

La tension monta d'un cran alors que le quatuor cherchait à démêler les intrigues et à comprendre pourquoi la protection des criminels persistait.

L'intrigue se densifiait, mettant en lumière des connexions plus profondes entre les cambrioleurs, les nouveaux crimes et les autorités. Ensemble, ils devaient naviguer dans un labyrinthe d'intrigues complexes, où la vérité semblait se cacher derrière chaque rebondissement.

Dans cette bataille pour la justice, le quatuor était déterminé à révéler la vérité, même si cela signifiait se confronter à des forces puissantes.

La résolution de cette affaire exigeait non seulement persévérance, mais aussi la capacité de percer les secrets bien gardés qui les entouraient.

Alors que l'enquête prenait des tournures inattendues, un secret bien gardé émergea, ajoutant une nouvelle dimension à l'histoire. Lisa et Émilie, discrètes et fidèles, étaient en réalité les amis secrets de Ava, une connexion que personne ne soupçonnait.

Le trio avait partagé des liens profonds, restant unis par une amitié secrète qui avait traversé les épreuves.

Leur discrétion avait préservé cette amitié à l'abri des regards indiscrets, créant une alliance solide.

Maintenant, face aux défis croissants de l'enquête, Lisa, Émilie, et Ava unirent leurs forces avec une confiance renouvelée. Leur amitié secrète devint un atout précieux dans la recherche de la vérité.

Alors que le quatuor continuait son exploration des mystères entrelacés, la complicité entre Lisa, Émilie, et Ava émergea comme un facteur déterminant.

Leur engagement envers la justice et la recherche de la vérité les guiderait à travers les complexités de l'enquête, où chaque révélation renforcerait leur lien secret, les préparant à affronter ensemble les révélations à venir.

Alors que l'inspecteur Ben Shadow et le quatuor de Lisa, Émilie, et Ava approchaient d'une percée potentielle, une tragédie frappa.

Arrivant sur les lieux après une course contre la montre, l'inspecteur découvrit un autre cadavre, jetant une ombre funeste sur l'enquête en cours.

La frustration emplit l'air alors que l'inspecteur, arrivé trop tard, observa la scène déchirante. La connexion entre les cambrioleurs, les crimes récents, et maintenant cette nouvelle victime semblait dessiner un tableau sombre et complexe.

Le quatuor, touché par cette nouvelle perte, ressentit le poids de la réalité brutale. Les mystères persistaient, et chaque révélation les rapprochait davantage de la vérité, mais aussi du coût humain de cette quête. Ensemble, ils devraient trouver la force de continuer malgré les pertes, résolus à découvrir la véritable nature des forces qui agissaient dans l'ombre.

Confrontés à la nouvelle tragédie, Lisa et Émilie, déterminées à protéger Ava, intensifièrent leurs efforts. Le trio, uni par une amitié secrète, se transforma en un rempart solide pour soutenir Ava dans cette période difficile.

Lisa et Émilie, conscientes du danger croissant et des mystères entourant les crimes, mirent en œuvre toutes leurs compétences et ressources pour assurer la sécurité d'Ava.

Elles devinrent les gardiennes vigilantes, veillant à ce qu'Ava soit protégée des forces obscures qui semblaient frapper à chaque tournant de l'enquête.

Ensemble, le quatuor s'engagea dans une lutte acharnée pour la vérité tout en préservant la sécurité d'Ava. Chacun apporta sa contribution unique, fusionnant amitié et détermination dans cette bataille complexe.

Alors que les événements prenaient une tournure de plus en plus sombre, Lisa, Émilie, et Ava renforcèrent leurs liens secrets, s'efforçant de surmonter les épreuves ensemble.

Leur engagement envers la protection d'Ava devint une force motrice, les propulsant vers l'inconnu avec la résolution de faire éclater la vérité, tout en préservant ce qui comptait le plus : leur amitié indéfectible.

Alors que l'enquête prenait des détours imprévus, l'inspecteur Ben Shadow découvrit un nouveau cadavre près du lac, ajoutant un mystère supplémentaire à l'affaire.

L'inquiétude grandissait, car le tueur restait insaisissable, défiant toutes les tentatives de capture.

L'inspecteur, épuisé par l'énigme qui se développait, se retrouva confronté à une question cruciale : qui était le meurtrier qui avait pris la vie du neuvième cambrioleur ? Les éléments s'entremêlaient dans une toile complexe, où chaque indice semblait conduire à une impasse.

Le quatuor, composé de Lisa, Émilie, Ava, et l'inspecteur Ben Shadow, se retrouva face à une énigme de plus en plus épineuse. Ensemble, ils plongèrent dans les profondeurs de cette enquête complexe, déterminés à dénouer les fils qui liaient les crimes, les cambrioleurs, et les tragédies familiales.

L'ombre du mystère s'épaississait, mais l'engagement du quatuor restait inébranlable.

Alors qu'ils faisaient face à ce nouveau défi, la quête de la vérité se transformait en une course contre le temps, chaque instant les rapprochant de la résolution de cette énigme complexe.

Déterminé à percer le voile de mystère qui enveloppait l'affaire, l'inspecteur Ben Shadow décida de prendre son enquête au niveau supérieur. Animé par un désir ardent de découvrir la vérité derrière les crimes, il intensifia ses efforts, redoublant de rigueur et de détermination.

L'inspecteur, avec un sens accru de la responsabilité, mobilisa toutes les ressources disponibles pour faire la lumière sur les événements tragiques.

Chaque indice, chaque témoignage, devint une pièce cruciale du puzzle qu'il cherchait à résoudre.

La quête de la vérité devint une mission personnelle, et Ben Shadow s'immergea profondément dans chaque détail, cherchant à dénouer les fils complexes de cette histoire sombre.

Guidé par un engagement renouvelé envers la justice, l'inspecteur s'entoura du quatuor composé de Lisa, Émilie, Ava, et lui-même.

Ensemble, ils formèrent une équipe déterminée, prête à affronter tous les défis pour découvrir la vérité cachée derrière ces mystères entrelacés.

Dans cette nouvelle phase de l'enquête, l'inspecteur Ben Shadow se prépara à faire face à des révélations bouleversantes et à des retournements inattendus, chaque pas le rapprochant de la vérité ultime qu'il cherchait à dévoiler.

Alors que l'inspecteur Ben Shadow approfondissait son enquête, une révélation choquante émergea : les cambrioleurs avaient un lien direct avec Ava. Tous étaient liés à elle d'une manière ou d'une autre, soulevant des questions troublantes sur la nature de cette connexion.

Les motifs derrière les crimes semblaient de plus en plus liés au passé d'Ava.

L'inspecteur, confronté à cette découverte, réalisa que la clé de l'énigme résidait peut-être dans les relations complexes qu'Ava entretenait avec les cambrioleurs. Chacun d'eux portait des secrets qui, une fois révélés, pourraient éclairer les tragédies familiales et les mystères entourant les crimes.

Le quatuor, comprenant Lisa, Émilie, Ava, et l'inspecteur Ben Shadow, se trouva confronté à une réalité complexe.

Ensemble, ils s'efforcèrent de comprendre les liens qui les unissaient à ces cambrioleurs. Les ombres du passé semblaient se rapprocher, et chaque révélation ébranlait davantage les fondations de cette histoire intrigante.

Dans un revirement surprenant, l'enquête prit une tournure inattendue : il fut révélé qu'Ava avait eu des relations avec chacun des neuf cambrioleurs. Cette révélation bouleversante ébranla l'inspecteur Ben Shadow et le quatuor, jetant une lumière crue sur les dynamiques complexes qui entouraient ces liens.

Les implications de cette connexion personnelle entre Ava et les cambrioleurs semblaient être au cœur des mystères qui entouraient les crimes.

L'inspecteur, Lisa, Émilie, et Ava se retrouvèrent confrontés à la complexité de cette réalité, cherchant à démêler les fils du passé qui les liaient tous.

Dans cette atmosphère tendue, le quatuor devait naviguer avec précaution à travers les révélations délicates, tout en gardant à l'esprit que chaque indice, chaque liaison personnelle, pourrait être la clé pour dévoiler la vérité cachée.

La recherche de la justice se confondait désormais avec une exploration des relations humaines complexes, ajoutant une couche supplémentaire de mystère à cette enquête déjà fascinante.

Le tableau complexe s'éclaircit alors que l'enquête révèle un passé troublant : les relations entre Ava et les cambrioleurs remontaient à l'adolescence d'Ava, à l'âge de 15 ans. Ce chapitre de sa vie cachée ajouta une dimension inattendue aux événements actuels.

L'inspecteur Ben Shadow, découvrant cette information cruciale, se plongea dans les détails de cette période de la vie d'Ava.

Les liens forgés dans la jeunesse pouvaient-ils expliquer les motifs complexes qui semblaient se tisser dans cette affaire ? Le quatuor, comprenant Lisa, Émilie, Ava et l'inspecteur, se préparait à explorer un passé trouble, cherchant des réponses dans les souvenirs lointains.
Cette révélation jetait une lumière crue sur les racines profondes de l'histoire, défiant les membres du quatuor de comprendre comment ces relations adolescentes pouvaient avoir des conséquences aussi graves des années plus tard. La quête de la vérité se transformait en un voyage à travers le temps, où chaque découverte les rapprochait de la résolution de cette intrigue complexe.

L'inspecteur Ben Shadow, creusant encore plus profondément, fit une découverte déconcertante : les neuf cambrioleurs avaient tous abandonné Ava le jour de la Saint-Valentin.

Cette révélation jetait une lumière inattendue sur les événements passés et laissait entrevoir des implications émotionnelles complexes.

La défection collective des cambrioleurs lors d'une journée aussi chargée émotionnellement soulignait des tensions et des drames non résolus.

Le quatuor, comprenant Lisa, Émilie, Ava, et l'inspecteur, se confronta à la question poignante de savoir comment ces désertions avaient pu façonner le destin d'Ava et contribuer aux tragédies ultérieures.

Dans cette exploration des relations tumultueuses, le jour de la Saint-Valentin devint un point focal, symbolisant les ruptures et les secrets qui avaient laissé des cicatrices profondes dans la vie d'Ava.

Alors que le quatuor avançait dans son enquête, la Saint-Valentin se transforma en un moment clé, révélant des vérités cachées et des émotions refoulées qui devraient être affrontées pour comprendre pleinement les mystères qui les entouraient.

Ce que l'inspecteur Ben Shadow ignorait, c'est qu'Ava avait anticipé la situation avant même l'arrivée de la police sur les lieux du crime.

Possédant une perspicacité héritée de son père policier, elle avait rassemblé des indices pour lancer sa propre enquête.

Consciente que la police ne la laisserait pas prendre en charge l'affaire, elle décida de se venger de la mort de ses parents en agissant elle-même.

Endossant le rôle de The Jokeuse,
(T J) Ava se plongea dans son personnage pour mener l'enquête de manière discrète. Sachant qu'elle pourrait éveiller des soupçons, elle se déguisa habilement, tout en collaborant avec Lisa et Émilie pour maintenir l'illusion que tout était normal.

Lorsque la police arrêta Ava, c'était en réalité Émilie et Lisa qui continuaient l'enquête pour préserver l'innocence d'Ava.

TJ, Ava, Lisa, et Émilie formèrent un pacte indestructible, s'engageant à soutenir Ava jusqu'au bout. La révélation que les neuf cambrioleurs étaient les mêmes voyous qui avaient agressé Ava au Coffee-Show ajoutait une dimension personnelle à cette histoire complexe.

Maintenant, avec l'inspecteur Ben Shadow ignorant la véritable identité de l'enquêtrice masquée et le quatuor résolu à découvrir la vérité, l'histoire prenait une tournure encore plus captivante.

Les liens entre les neuf cambrioleurs, Ava et ses amis secrets, et la quête de justice prenaient forme dans un scénario où chaque révélation ouvrait de nouvelles perspectives sur cette affaire intrigante.

L'inspecteur Ben Shadow se trouve sans preuves sur chaque scène de crime, rendant impossible la découverte d'indices menant au coupable. Bien qu'il entretienne des doutes concernant Ava, il ne dispose d'aucune preuve à cet égard. À chaque occurrence, Ava présente un alibi, maintenant ainsi l'enquête en cours.

L'inspecteur Ben Shadow a constaté qu'Ava menait une enquête personnelle, tandis que la mystérieuse TJ semblait être impliquée. Il soupçonne que le crime a été dissimulé par elles. En l'absence de preuves concluantes, l'affaire est maintenant classée.

À suivre…

Guidées par une promesse solennelle, Ava, Lisa, Émilie, et TJ décidèrent de consacrer leur vie à protéger toutes les femmes du monde contre les violences et les agressions. Leur engagement envers cette cause noble prenait racine dans les tragédies personnelles qu'elles avaient traversées, faisant naître une détermination inébranlable à lutter contre l'injustice.

Créant une organisation dédiée à la sécurité des femmes, elles unirent leurs compétences, leur détermination et leur expérience pour sensibiliser, éduquer et prendre des mesures concrètes contre les violences.

La mission de cette équipe hétéroclite était claire : mettre fin à la souffrance des femmes, inspirées par la volonté de prévenir les tragédies similaires à celles qu'elles avaient vécues.

Ava, incarnant son alter ego de The Jokeuse, devint le symbole de l'espoir et de la résilience, inspirant d'autres femmes à se lever contre l'oppression. Ensemble, elles formèrent une force puissante, déterminées à créer un monde où aucune femme ne serait victime de violence.

Dans cette nouvelle quête, Ava et ses alliées transformèrent leur douleur personnelle en un moteur de changement positif, laissant leur impact se faire sentir bien au-delà des frontières de leur histoire initiale.

.

Biographie Ava's Stranger , un écrivain talentueux :

"Ava's Stranger est une plume enchanteresse née dans un petit village perché au sommet des montagnes de l'imagination. Dès son plus jeune âge, elle baignait dans les mots, captivée par l'incroyable pouvoir des récits. Passionnée par l'art de raconter des histoires, elle a rapidement transformé son amour pour les mots en une carrière d'écrivain éblouissante.

Sa plume unique et captivante l'a menée vers des mondes inexplorés et des histoires fascinantes. Connue pour sa capacité à tisser des univers empreints de magie, de mystère et d'aventure, elle transporte ses lecteurs dans des voyages inoubliables à travers des pages remplies d'émerveillement et de rêveries.

Ava, tout en écrivant, jongle également avec une multitude de passions, des expéditions en quête d'inspiration aux explorations culinaires extravagantes. Elle croit fermement que la créativité réside dans l'expérience et puise son inspiration dans chaque aspect de la vie.

À travers ses œuvres, Ava's Stranger aspire à laisser une empreinte indélébile dans le cœur de ses lecteurs, à les émerveiller et à les inviter à s'évader vers des contrées où l'imagination règne en maître."

Partenaire :

Ava Stranger , Lea Lizzy MC Friday ,